Weder Ort, noch Stein

für Marc, ז״ל,
op reis voor altijd

Impressum:

Herausgeber: Verlag BERGER HORN-WIEN
www.verlag-berger.at
ISBN 978-3-85028-533-9

Printed in Austria
Layout und Bildrechte: Nurit Schaller
Druck: Fa. Ferdinand Berger & Söhne GesmbH,
Wiener Straße 80, A-3580 Horn

VERLAG
BERGER

Weder Ort, noch Stein
enthält

I.

II.

Mein besonderer Dank für diese Ausgabe gilt
Johannes Reiss (Eisenstadt)
Christina Friessner (Wien)
Kazimir Menzel (Heidelberg)
& Richard Mandl (Wien)

I.

„Statt ein Gebet ein Gedicht hersagen“ – Elfriede Gerstl

statt oder als?
Unermüdlich Gebete
und Gedichte sagen
hersagen aufsagen
in mich rufen..

und Gedichte als Gebete
denn Gebete sind
Gedichte oder
können es sein
könnten es sein

vielleicht auch ohne
Trauer ohne Not die
aus mir ruft mich ruft

und immer öfter
schweigt

damit Gebete
Gedichten gleichen

Ein Kind
Geht in
Die See

Es geht
Immer
Weiter

In sein
Urvertrauen
Es geht

Es schwimmt
Nicht
Sprachlos

Still

Weder Ort noch Stein

Noch immer
Habe ich
Nicht gefunden

Weder Ort
Noch Stein
Noch Traum

Doch was ist
Der Weg?
Wohin führt
Die Leiter?

Nur der
Scheiterhaufen
Ist uns
Gewiss und

Kein Engel
Führt uns
Aus dem
Feuer

Bleibt die Stadt
Ein Nirgendwo?
Ungeträumt

zu Rajzel Zychlinskis Gedicht „Nischt dos is der weg“

Sind wir
Geteilte G’tterwesen
Als Objekt des
Abendmahls
Wir sind
Mutant und
Suchen nicht

Wir sind nur
Rückenstück

Nur Toches
Unter G’ttesblick
Der sich
Galant nach
Futter bückt
Als wärs das
Schon gewesen

Die Möglichkeiten
Der Reise
Sind allzeit gegenwärtig

Die Gestalt der Wolken
Bleibt nicht
Im Gedächnis meiner selbst

Viele Regen
Weinte mein
Herz und fiel zu Füßen

Ich habe
Den Sturm
Gewählt auf der Seele

Die Schatten
Der Küsten
Bleiben stumme Weiden

Und kein Hafen
Wird meiner
Seele jemals Zuflucht

Himmelbett

Ich hatte
Ein ich
Hatte ein
Himmelblaues
Himmelbett
Hatte ich

Für meine
Meine Katze

Denn Puppen
Waren tot

Himmelblaues
Schnurren

Dann war
Meine dann
War meine
Katze dann
War meine
Katze tot

Oma sagte
Sie sei
Entlaufen

Damit ich
Nicht weinte

Ich lief von Dannen
Und kam an, wo ich
Nun einsam bin...

Ich bin so ...
Daß ich vergessen
Möcht, woher ich
Floh, denn dort
Brannte ich duster
Und lichterloh

Die Stadt ist hier
Doch ich bin dort
Ich bin ein Flüchtling
Auf der Such' nach..

Mir

Ich bin so
Ohne Ort

„Mein Herz schlug, als könnte es sprechen.“ F. Pessoa

Mein Herz
Schlägt, erschlägt
Sprachlos
Wortreich
Mich mein
Ich mein Sich

Ich schlage
Nicht zurück
Lausche stumm
Und ergeben
Erschlagen
Meinem Herzen

Frühlingsspiel
Und Winterbach

Polsterschlacht
Und Segelboot

Bienen streicheln
Regen trinken

Zeichnen, raufen
Gänseblümchen

Katzenaugen
In der Nacht

So sieht eine
Glückliche
Kindheit aus

Trotz allem
Habe ich
Nicht vergessen

Wie sehr ich weinte
Vor Angst
Und Traurigkeit

Was Sorge ist
Und Einsamkeit

Wie tief
Verzweiflung
Sitzt und Leid

Und ich werde
Nie vergessen

Für alle Kinder
Für alle Zeit

גם אני רוצה לחיות נכון ושלווה גדולה תפול עלי – Rona Kenan

נכון , auch ich
will leben

aber wie
ist נכון ?

du sagst
שלווה גדולה

fällt auf
mich – wie?

in Folge von
לחיות נכון?

oder ist das
Fallen unbegründet

ein Geschenk
von G'tt

oder das
Leben?

נכון, גם אני
רוצה לחיות
בשלווה גדולה

doch wie gelange
ich dorthin?

suchend irre ich
durchs Leben

נכון - מה נכון?

Ich baue
Mir
Kein Haus

Ich lebe
Draußen
Als Wild

Vor der
Stadt
Gibt's nichts

Die Welt als
Gleichnis zur
Endlichkeit

Ich kehre
Zwei Schritte zurück

Die Wolken
Sind hornlos
Ton um Ton

Zwei Schritte
Reichen nicht mehr

Ohnehin

Was nützt
Hoffnung
Auf's Schöne

Das Leben
Lauert im
Hinterhalt

Ohnehin

Ohnehin
Entbehrt
Die Hoffnung
Jeglichen Sinn

Ohnehin
Wird sie
Ertränkt
Ohnehin
Führt sie
Zu nichts

Ohnehin
Ist sie
Bar jeder
Erfahrung
Ohnehin
Führt sie
Uns hinter's
Licht
Ohnehin
Gleicht sie
Der Lüge

Ohnehin

Macht auch
Die Hoffnungslosigkeit
Keinen Sinn

G'ttes Augen
Sind nicht
Blind

Nur wir

Sind taub
Für sein
Wort

Ich setze mich
Zu Tische
Wie vor Reis
Und beginne
Zu gerbulieren

Ein Körnchen
Mensch nach
Dem anderen
Besehen, geprüft
Und sortiert

Das meiste
Verdorben
Wo ist mein
Reklamationsrecht?
Wohin damit?

Ich möchte
Die Ware
Zurückgeben gleich
Krügen voller Wein
Der Essig ist

Traumatisches
Leben zwischen
Den Abgründen
Des Selbst
Zwischen den
Tiefen der
Gedanken
Den Höhen
Der Gefühle
Und ihrer
Verzweiflung
Traumatisches
Hoffen und
Neigen und
Umneigen
Zu viel zu
Viel an
Desorientierung
Orientierung
Okzitentierung

Besser einfach
Ein Hier-Bleiben
Der Einfachheit
Halber, ganz
Hier im Jetzt
Im Ich und Sich
Samt Abgründen
Aus guten
Gründen sich
Befinden in
Sich finden
Statt am
Außen zu
Erblinden für
Dich und
Mich, alleine
Als Option
Mit und
Ohne Angst
Ein wenig
Leben...
Traumatisch

Äußerlichkeiten
Schutz und
Wall
Attitüden der
Angst
Rückzug im Vorzug

Ich schreite ein!
Darum bin ich
Nur ich:
Allein

Zielloses
Streifen im
Nichts der
Heimatlosigkeit

Keine Ufer
Am See

Schritte in
Der Weite
In Tränen
Wurzellos

Kein Hort
In der Welt

Ein Kind ohne
Küchenbank
Der Wärme

Ein Schrei
Weinend
Allein

Den Himmel
Umdrehen
So daß die
Sterne nach
Oben leuchten
Die Tränen
Nach innen
Fluten
Die Bäume
Nach unten
Blühen
Der Atem
Nach außen
Stockt
Die Worte
Heilen
Statt verletzen

Den Himmel
Umdrehen

Um zu leben

Die Richtung
Ist haltlos
Der Wagen
Angespannt

Es gehen
Die Esel
Dahin

Der Narr
Schreit: Nein!
Wohin?
Ohne Weg?

Einfach
Vorweg?
Genug!

Richtungsweisend
In die
Leere ohne
Ziel

Narretei!
Darum
Schweige

Denn die
Weisen
Sind gestorben

Mit Blatt
Vor dem
Mund

Und
Altem Wein
In ihren Krügen

Haben die
Welt zurück
Gelassen

Nun sind
Die Schwätzer
Die Weiser

Wohin?
Frage nicht!

Raub mir
Die Nächte
Die Tage und
Die Sehnsucht
Ich habe zuviel
In meinem Herzen
In meinem Pochen
Und Atmen, kann
Nicht mehr fliegen
Nichts mehr sehen
Ersticke im Feuer
Meines unerfüllten
Selbst, los meiner
Träume, Krähenschlag

Einem Robbenbaby gleich
Krümme ich mich in meinem
Blute unter den Schlägen des
Schlägers eines sinnlosen Todes
Sterbend für die blinde Eitelkeit
Der Welt

Doch der Schläger sieht und
Hört nichts außer seinem
Trunkenen Lachen

Jemand hat vergessen, mich
Mit Farbe zu markieren

Bomben
Haben mein
Bein zerfetzt
Und Granaten
Meine Säule
Unbeweglich
Meine Arme
Können den
Etrog nicht halten
Panzer durchquerten
Meine Brust
Hinterließen
Totes Land

Wunschlose Listen
Listenlose Wünsche
Wäre ein Traum
Mehr als er selbst

Wäre ein Leben
Weniger als ein
Atemhauch –
Wunschlos oder
Glücklich?

Es ist immer
Ein Entweder
Oder, Odem
Der Träume
Ein Hinweg

Ich bin hingemalt
Ins Leben
Wie am Strand
Bei Rom

Ich bin ein
Fresko und
Ein Mosaik
Im Dom

Ich möchte
Fliehen, was
Hast Du hier
Nicht gesucht?

Bin ich die
Andere im
Spiegel, bin
Ich der Tod?

Ich bin hingemalt
Und festgenagelt
Unfrei auf
Der Flucht

Ich bin auf
Dem Weg
Hinaus aus
Dem Leben

Doch das Bild ist
So unendlich
Groß und ich
Nur Pinselstrich

Der Abgrund
scheint bloß

verlockend

In Wahrheit
ist er nur

vertraut

So läßt das
seit Kindesbeinen
Vertraute
die Hoffnung leer
das Gefühl verwirrt
das Leben schal
Träume sterben

Scherben nichts als
Tote – oh wie
heimelig vertraut

nur auf Sand
gebaut – das Leben
so vertraut
so vetraut

Der See
im Bewußtsein des
Nichtschwimmers

im Strudel
auch ohne Welle

Verzweiflung
und Todeskampf

sind wir
nicht alle
ab und an

am Ertrinken
Ringen nach
Luft in blinder
Panik?

wenn die
Wassermasse
wie Grabeserde
sich unser
bemächtigt,
den Atem
begräbt..

Nichtschwimmer des
Lebensmeeres

stets kurz
davor...

Der Sitz des
Verstandes
Ist im Herzen

Und da soll
Er auch bleiben

Die beidseitige
Verehrung G'ttes
Verspricht das
Paradies
Einseitigkeit
Befördert die
Hölle

Wo wir sind
Will ich nicht weilen

Die Leichen
Treiben
Im Jordan

Körperteile
Stecken in
Häuserritzen

Verwundete
Schreien
Im Schmerz

Der Hass
Erstickt uns
In Angst

Die Zeit des
Messias ist
In weiter Ferne

Trotz Allem

Nur G'tt
Weiß warum

Unser
Schweigsamer
Einziger G'tt

Sieht uns an
Sieht uns zu

Wir müssen handeln

Emendation

Die Welt
Stürzt ein
In mich hinein
Statt bloß
Gnomon zu
Sein, die
Schatten, Schatten
Emergieren

Grenzen setzen
Um mit mir
Zu verweilen
Ich und ich
Entrenous, ganz
Feierlich

Mehr brauch'
Ich nicht

Schnitte unter
Der Haut
Verbrennungen
Mitten durchs
Herz in
Not, ein
Notfall ist
Leben, nicht
Partiell
Durch und
Hindurch
Dazwischen
Drunter und
Drüber, nichts
Kongruent, alles
Fließt, zerfließt
Reibt, schmerzt
Invalid ...

Ich möchte
An Orten
Logieren, die
Nicht ich
Sind, daher
Nicht sind

Die Orte
Ein Ort

Irgendwo
Nirgendwo

Keine Gastfreundschaft
Auf dieser Welt

Invalid

Spiel mit
Mir, ich bin
Die Rochade
Ich bin der
Narr und der
Greis- gib
Acht! Zugleich

Ist das Brett ein
Rondeau .. nicht
Golden, ohne
Ratio

Ungeschöpft
Der Punkt ist
Gleich Linie
Und Kugel

Alles in allem
Eins und zehn

Im todernsten
Spiel des Lebens
Ist alles Zählen
Vergebens, kümmere
Dich um dich selbst
Narr!

Spiel mit mir

Um den Tod

Mit tränendem
Herzen, mit
Zitternden Augen
Weinendem
Mund, nur...
Ist dies

Alles

Wird erleuchtet und
Verdunkelt mit

Einem Schlag
Die Welt ist
So weit gleich fern
Kälte hält
Einzug, hält
Hof am

Tore

Stille sitzt mir
Kompanion
Im Leide und
In Einsamkeit
Ich regne
Tausendfach
Entzweit
Und wünscht
Ich könnte
Gehen

Tausend
Stimmen
Schreien
In mir

Auf mich ein

Aus mir heraus

Tausend
Stimmen
Sagen
Nicht mehr

Als eine

Eine alleine

Tausend
Stimmen
Verschmelzen
In mir

Zu einem

Stummen Schrei

Ich bin
So bange
Vor meinem
Ich, manchmal
Suche ich
Zu fliehen
Und wo ich
Lande, wächst
Die Angst
Dann bin ich
Klein, so
Klein, ein
Mensch
Und ich
Fange fange
Wolken in
Der Nacht

Alleine in der
Tiefe und
Schwärze des
Waldes.. mir
Ist bang vor
Dem Forst
Dem Mitwild
Das sich nicht
Zeigt noch
Freundlich neigt

Ich höre grausige
Rufe von Tod und
Leid .. in der Ferne

In die Weite
Kann ich nicht
Fliehen, wage
Nicht bin erstarrt
Einem Kitz gleich
Beim Geschrei der
Hunde, der Jäger
Erzittert

Wie Espenlaub

Falle ich falle ich

In der Ferne
Kein Mit-

In der Nähe
Abgrund

Grausig erzittert

Falle ich im
Robot

Dieser Welt

Satt wäre
gut – gesättigt
gefragt..
ungefragt statt

statt einer anderen

Verwechslung
ungestattet

ausgestattet
in Fragwürdigkeit

fraglos dürstend
ungesättigt

Ich bin
So fremd
In meinem
Land, in
Diesem Ort
Des Ich

Fremd noch
Glaubhaft
Verloren
Fußfassend
Stumm

Schrittweise
Tapsend
Dahin

Wohin leben
Stirb mir
Vor, damit
Ich weiß
Was Leben heißt

Ich sehe
Nur freien
Raum

Ratlosigkeit
In jedem
Gesicht

Stirb mir
Vor, damit
Ich sehe
Was Leben heißt

Was ich heiße
Und du, und
Wir, wenn

Wohin leben
In dieser
Welt

Eins
Nicht zwei

Ist das
Gebot

Der
Nächstenliebe

Zwei
Statt eins

So kam
Die Schlange

Ins Paradies

Möchte ich
Die Prinzessin sein
Oder der Frosch?

Geküsst
Wird nur einer

Dies ist die Frage
Nach der Qualität
Der Stagnation
Auf Niveau
Oder der Evolution

Möchte ich
Als Schmetterling
Geboren sein
So ganz
Ohne Hoffnung auf Zukunft?

Ich möchte
Aufstehen
Die Welt
In Trümmern
Sehen
Jetzt! Oder nie!

Ich möchte
Schlafen
Bis zum Paradies

Mein G'tt
Führt mich
Nicht
Aber: er
Sieht mir zu

Romantizismen
Sind
Aussagelos in
Der Zeit

Die Moderne
Ist schon Post-!

Wir schreiten
Voran
Und bleiben
Konservativ

Im Kopf
Nur Stillstand

Ich bebe
Kann nicht
Atmen
In den Tagen
Der Bedrängnis

Mein Herz
Ist ganz
Verengt
Mein Lieben wird
Mir zum Verhängnis

Ich fühle
Mich verstoßen
Zerstöre
Nicht mein Haus
Aus Wolkensaum

Trauer liegt
Auf meinen
Augen
Du bleibst
So fern im Raum

Der Ort
Naht nicht
Meiner Seele
Ist mir nicht
Hort noch Heim

Mit mir
Komm', da
Ich vergehe
Ich bette mein
Haupt auf Stein

Und versenke
Meine Augen
Traurig
Fällt die Nacht
Auf meine Lider

Die Leiter
Erklimmt kein
Engel mir
Trotzig steige
Ich auf und nieder

Ich muß
Mir selbst
Erlöser
Sein und Haus
Und Stein und Ort

In den Tagen
Der Bedrängnis
Zählt
Nur noch
Das Wort

Höre mir
Zu, nicht
Zu, kann
Mir nicht
Zuhören

Ich laufe
Davon
Immer
Weiter

Weiter
Weiter

Davon
Davon

An allen
Orten bin
Ich ich
Meine
Worte

Meine
Schreie
Hallen
Lauthals

Wieder
Wieder

In mir
In mir

Vor mir
Selbst zu
Fliehen
Bleibt
Unmöglich

Ich verweile
Notgedrungen
Dringlich
In mir

In mir
In mir

In Not

Ich hab
Nicht immer
Was zu sagen
Und rede
In einem Fort
Als hinge
Mein Leben
Am Wort

Nur ungehört
Werden Worte
Zum Nichts

Was gesagt wird
Ist nicht Gerede
Aber nicht immer
Das Wort

Dahinter dahinter
Steckt die Seele
Irgendwo

Wer unglücklich
Ist, redet
Immerzu

Schweigen ist
Nicht Glück
Sondern

Das Glück
Führt dazu

Der Mensch
Weint im
Wort, nicht
Nirgendwo

Ich bin erwacht
Aus sel'gem
Schlaf
Und sah
Und staunte
Und vergaß

Laß mich
Vergessen
Was war laß
Mich vergessen
Was ist laß
Mich vergessen
Was ich weiß
Laß mich am
Leben durch
Schlummer und
Nacht laß
Mich treiben
Durch Regen
Und Wind

Noch heute
Bin ich
Kind – und
Kann nicht
Vergessen
Kann nicht
Ermessen
Was wir
Sind gar
Werden

Ich will
Vergessen
Um zu leben

Im Pochen
Meines Herzens
Zittert zaghaft
Hoffnung und
Glück das nie
Gewesen und wird

Zarte Vibration
Der Weite ohne
Ferne, fast als
Wäre sie Nähe
Und mein

Fast als wäre
Sie wäre sie
Ich wäre ich
Wäre sie

Es ist
Nie
Genug

Niemals
Gut genug

Es ist
Nie
Gut

Niemals
Gut und schön

Es ist
Immer
Ich

Immer

Niemals
Gut genug

Niemals
Gut und schön

II.

Wie – so
Sage mir –
Kann ich eine
Entscheidung
Treffen in
Diesem Dschungel
Der Fragezeichen

Ich kann
Keine
Antwort finden
Auf mein Dich
Suchen in
Deinem
Schweigen

Dein
Verschweigen
Des Du
Stößt mich
Zurück auf
Mein Ich
Fraglos

Die Tür
Fällt zu

Du sagst
Nicht: Du

Noch: ich, noch: wir

Die Tür fällt zu

Weißt du, wo
Die Sekunden blühen
Der Sehnsucht und
Der Zweisamkeit?

Ich hab die
Zeit vergessen
Den Ort und
Auch das Lied

Ich träume so
Lange schon
Ich träume träume
Zwischenräume

Ich hab die
Welt vergessen
Weil sie mich
Von ihr trieb

Weißt du, wo
Die Jahre blühen
Da ich von
Dir entzweit?

Die Weide aller Bäume

Ich schweige
Denn du sollst
Nicht wissen, daß
Ich dich lieb

Und am Ende dich versäume
Weil ich schwieg ...

Das ist Einsamkeit

Normal normal..

ist so banal
intellektuell
links, rechts
alles stramm

einbetonierte
Gehirne, verkrampfter
Darm, Lust – wenn
ein Muß, sei mir
Untertan Madame
denn ein kleines
Schubladengehirn
wie meines bietet
jedem die Stirn
nur meiner Mama
nicht

booh schnell weg

Bildbetrachtung
ständige Sucht
muß kann nicht
aufhören dein Bild
deine Bilder zu
betrachten

aufzusaugen

in mich hinein
zu saugen

Sehnsucht ist
Sucht statt
Freiheit

darum zwinge
zwinge ich
zwinge ich mich

nichts mehr zu betrachten
dich nicht zu betrachten

weder deine Bilder
noch dein Bild in mir

damit dein Bild dein
Du lebendig und dein
bleibt. Damit Du dein
Bild nicht von mir
aufgesogen einverleibt
wird ich nicht
einverleibe
dich

und ich frei
von Sucht

Bin so
Müde
Ewig nur
Gestrandet

Ich möchte
Landen
Auf festem
Grunde

Mein Herz
In deiner
Hand

Nicht nur
Spielball
Abgeschlagen

Bin so
Müde
Unfündig
Ungefunden

Ich befinde
Mich im
Stetigen
Sehnsuchtsfall

Ich sehne
Mich nach
Dir und dies
Ist haltlos

Darum fallvoll
Ich falle
Immer weiter
Sehnsuchtsverdorben

Gebiete mir
Einhalt, damit
Mein Fall
Hält, meine

Sehnsucht jedoch
Anhält stets
Unsuchtsvoll
Fallfrei fest

Gebiete dir
Einhalt, damit
Mein Fall
Hält, deine

Liebe sich
Befindet dich
Findet in
Dir zu mir

Mein Herz
Ist vergiftet
Verdorrt am
Wort, am
Nichtwort

Verlassen irre
Ich, irre mich
Alleine, in dir

Mein Herz
Ist vereinsamt
Elendigst, gar
Klandestin
Verschüttet

Verweint hab
Ich mich in
Dir verzweifelt

Wirf und weg
Kein Dornbusch
Mehr nur bic
Feuer nur noch
Hapaxanth, wenn
Überhaupt...

Menschen nach
Kant, lieben
Nach ..
Wem?

Manchmal
möchte ich
so klein sein
wie ein Floh

damit
du mich
nicht siehst
noch hörst

damit du
mich nicht
störst
aufwühlst

ich nicht
aufwühle
mich
störe
verstöre

ich bin
verstört
betört
ungehört

manchmal
möchte ich
so klein sein
wie ich
groß bin

gehört
gesehen

unerhört
betört

Aufstehen
Und Lieben!

Ein Programm

Das nicht
Funktioniert
Wenn du
Und du und
Du und du und..

Nicht geliebt
Werden magst

Oder eigentlich
Schon, aber
Aus Gründen
Des Gesichtswahrens
Nicht zeigen
Darfst, dass du
Geliebt werden
Willst und
Auch durchaus
Liebst oder
Zumindest so
Etwas in der
Art empfindest
Oder wie man
Dies auch immer
Heutzutage zu
Benennen pflegt

Aufstehen
Und Lieben!

Oj, kompliziert in dieser Zeit...

Komm, ich möchte
Entzündet werden
Von Dir

Allein

Komm, lodere
In mir, sei
Mir Funke

Nun

Komm, ich will
Ewig brennen
Mit Dir

Dornbusch sein

Du brichst
Mein Herz
Entzwei
Meine Himmel
Fallen auf
Nackte Erde
Aus der ich
Nicht hervorgehen
Werde, ich
Will verborgen
Knolle
Bleiben
Im Dunkeln
Weiterlieben
Dich

Du sagst,
komm wieder

Aber du meinst
nicht mich

Es gibt
Kerzen, die erlischen

Doch die meisten
haben nie gebrannt

Wo bist du
Rufst du
Nicht
Suche mich
Am Fluß
Auf den Plätzen
In der
Schwebe
Suche mich
Wo auch
Immer

Wo bist du
Rufst du
Nie und
Nimmer
Denn du
Hast mich
Getrieben
Weit und nah
Zu dir
Und bist
Verstockt
Geblieben
Hinter
Verschlossner
Tür

Laß die Lider
fallen auf
dein Gesicht
Laß die Stimme
schweigend
unerpicht sei
endlich still und
lausche auf ein
Gedicht auf eines
andren Wort auf
eines anderen Lächeln

um zu hören
was du nicht
bist

sei endlich still
schweige

Angst zu
Verlieren,
Dich zu
Verlieren
Wann habe
Ich Dich
Gewonnen?
Nie, nimmer
Warst Du
Mein, ich
Nicht dein
Was ist
Noch hier
Dazwischen
Statt dem
Abgrund
Suche ich
Das Seil
Schaue in
Das Wolkenmeer
Suche Leere
Weite, Träume
Und den
Seufzer
Stummer
Seelen, die
In mir
Gefangen sind:
Den Greis,
den Tod, den
Herrscher, ein
Kind; und
Alles liegt in
Mir verborgen
Ein Massengrab
Ist Lebenshain
Ich bin nicht
Dein, ich bin
Nicht mein
Ich bin zuviel
Um Mensch
Zu sein, will
Nirgens hin
Lass niemanden
Ein – aus
Angst, mich
Zu verlieren

Ein Seelenkrüppel
Ein Hinkebein

Die Seufzer
Stummer Seelen
Schreien lauthals
In mir, in mir, in mir

Ich bin mit mir
Nicht allein
Ich höre nichts
Ich will nichts sein

Ich bin
Gefallen
Ohne zu
Stranden
Hilflos nun
Und klein

Verletzen
War ein
Spiel, zu
Schmerzhaft
Für mich
Mein Ich

Ich bin
Gegangen
Blutend
An Körper
Und Seele
Um zu

Überleben

Liebe blutet
Aus
Mir

Ins Nichts

Ich bin
Gefallen
Ohne zu

Landen

Ich habe
Mich in
Dein
Fleisch
Gegraben

Mit Klauen
Und
Widerhacken

Ich habe
Mich in
Deiner
Seele
Verweint

Mit meinem
Weh
Und Ach

Du hast
Nur
Gelächelt
Und nichts
Gedacht

Die Frage nach
Der Suche nach
Dem Weg zu
Dir, Dich zu
Finden, reicht
Nicht aus, Du
Willst gefunden
Werden wollen

Die Frage nach
Ist daher nicht
Von mir
Zu beantworten
Alle Worte liegen
In deinem Munde
Auf deinen Lippen
Ich kann sie
Nicht
Erzeugen, erzwingen

Die Freiheit, zu
Lieben oder
Zu ignorieren
Die Freiheit,
zu geben
und zu nehmen
oder zu gehen
und mich
nicht zu sehen,
ist gewollt

Meine Schritte
Tanzen nicht
Von der Stelle

Ich möchte
Schreien und
Atmen im Jetzt

Doch meine Stimme

Mein Herz ist
Verzagt wegen
Deines Schweigens

Meine Lippen
Runzeln
Die Stirn

Doch meine Stimme

Ich drehe mich
Zurück und
Sehe Vergangen

Sehe Verhangen
Statt klar
Und schön

Doch meine Stimme

Wagt nicht
Wagt nicht
Zu fragen

Und ich bleibe
Stehen

Gescheitert in
Der Liebe an
Der Liebe durch
Die Liebe – nun
Allein – ich kann
Und will kein
Spekulant der
Materien sein

Gib mir ein
Ende der Konventionen
Die Pfuhl und
Sarg statt Leben
Nursch der Ängste
Statt Festmahl der
Sinne, Adern, Pochen

Ich möchte nicht
Mehr begraben, nie
Mehr verschüttet
Sein, oder sterben

Datenbanken meiner
Selbst unaufgeräumte
Seilerschranken

seidener Faden
seidene Schnur

dünn.. zart..
unhaltbar nur
ein Windhauch

ausgesperrt
ausgezerrt

meine Datenbank ist
voll wie Omas
Kaffeeservice

trink hier
nipp da

bleib ungeliebt

damit nichts
geschieht..

stumm bleiben
können, davon
rennen dürfen
nicht handeln
praktischerweise
am Abstellgleise

will doch eh
eigentlich
sicherlich

nur der Mann
der will mich
nicht.. wie geht
das – was? - naja..

Entweiche
Entfleuche
Dem Strudel
Des Stromes

Ein Mosaik
Bin ich bin
Nicht bin
Brüchig

Entzwei
Entlebt
Der Liebe zu
Dir und mir

Fundstück
Bin ich bin
Nicht bin
Flüchtig

„Am schlimmsten ist die
Einsamkeit zu zweit“ - E.Kästner

Ich lebe alleine immer schon
zu zweien bin ich nicht eins
und sehr einsam
mit mir nicht
gemeinsam daher
mit dem anderen verzweit
gefreit statt frei befreit

so ist die Einsamkeit zu zweit
niemals Liebe, steter Kampf

hin zum Singular, ein
Plural schreit nach
Spaltung. Teilung, dem
Hinweg, zurück zum
Eins, hin zum Einssein
der Gelassenheit, Belassenheit
des Eins im Ich denn
ich fand Raum in mir
und will verweilen
statt mich auf zu teilen
verwaltet werden oder gar
verwalten andere Räume
anderer.. will mich
behalten

ich bin ein Baum
im Wald, kein Wald

Ich mag
Den Strand
Die Weite
Und das
Meer

Ich mag
Die Vögel
Die Wolken
Und den
Wind

Und du?

Ich sehe
Und hasche
Deine, nur
Deine Blicke
Wie ein Kind

Doch komm
Ich immer
Von viel
Zu weit
Her

Von wo?

Du gehst
Wohin du
Fliehst
Ich sehe
Dir zu
Und
Halte dich
Nicht
Denn
Wo immer
Du liebst
Bin ich

Ich folge
Dir nicht

Leben im
Dunkeln
des Unlichts
Erbricht
Unsehend
nicht blind
bleibt ungeboren
Erstarrt
Unbewegt
beklemmende
Starre des Atems
Erharscht
Schrei so
-ungehört -
in Todesangst
Erdrosselt
Komm, heb'
mich auf
am Wegesrand

Heute ist das
Gestern im Morgen
Jede Sekunde lebt
Eine Welt für sich

Heute will ich
Zu Dir gehen
Und nicht mehr schweigen

Bitte

Morgen
kommt der Tag
ohne Hoffnung

ein Blick
in den Schatten

morgen
kommt die Nacht

die Stille geht
bleibe

The End

◎

Bemerkungen&Angaben

*S.1: Das Zitat „Statt ein Gebet ein Gedicht hersagen“ stammt aus dem Gedicht „wozu (noch) gedichte (schreiben) – wenn ich das schon hör“ Elfriede Gerstl: mein papierener garten – gedichte, Graz-Wien, 2009, S. 63
*S.3: Dies wurde zum ersten Mal in der ungarischen Übersetzung von Szőcs Géza unter dem Titel 'Sem kő, sem hely' in 'Tempevölgy: Kultúra – Művészet – Tudomány', 06/2009, Balatonfüred, Ungarn, S.51 veröffentlicht.
*S.8: Das Zitat „Mein Herz schlug, als könnte es sprechen.“ ist aus Fernando Pessoa: Das Buch der Unruhe des Hilfsbuchhalters Bernardo Soares, Frankfurt/M, 2006, S.111
*S.10: Das Zitat גם אני רוצה לחיות נכון ושלווה גדולה תפול עלי stammt aus dem Lied לחיות נכון von Rona Kenan: לנשום בספירה לאחור, Ashdot, 2004
*S.75: „Am schlimmsten ist die Einsamkeit zu zweit“ zitiert aus dem Gedicht „Kleines Solo“, Erich Kästner: Gedichte, Stuttgart, 2007, S.121
Weiters wurden die Gedichte der Seiten 65, 69 und 76 veröffentlicht und zwar in: “Neue Literatur – Anthologie im Frühjahr 2008”, Frankfurt a.M., 2008

Nurit Schaller .

geboren am 7.7. 1975 in Wien (A), studierte u.a. Kulturanthropologie in Amsterdam, Jüdische Studien und Semitistik in Heidelberg. Ist Linguistin (Althebräisch & Aramäisch), Herausgeberin der Kunstzeitschrift '*diletto* – the paper on art & culture' und Künstlerin. Lebt, schreibt, malt und werkt in Wien. www.nuritschaller.org & www.diletto.org

o———o